そのなかに心臓をつくって住みなさい

瀬戸夏子

contents

すべてが可能なわたしの家で（20首）
マイ・フェイバリット・ヘイトスピーチ（25首）
愛国婦人会（14首）
イッツ・ア・スモール・ワールド（25首）
日本男児（5首）
クイズ&クエスチョン（31首）

「奴隷のリリシズム」（小野十三郎）、ポピュリズム、「奴隷の歓び」（田村隆一）、
ドナルドダックがおしりをだして清涼飲料水を飲みほすこと（32首）

手紙魔まみ、夏の引越し（ウサギ連れ）（120首）

中納言失脚（10首）

血も涙もありません（14首）

The Anatomy of, of Denny's in Denny's（16首／31首）

ジ・アナトミー・オブ・オブ・デニーズ

すべてが可能なわたしの家で

すべてが可能なわたしたちの家で　これが標準のサイズ
二重の裏切り、他になにもない朝の音楽に
もう何リットルかわからないけれど、生きてるかぎりは優しくするから
あなたが日本人だとしてもわたしたちにはまるで関係ないって
用事がなくてもコートは羽織っていいし、可能性が避ける道をとおって
なにもかけていないスパゲティのような体臭で
後ろで色がなんども変化するのがわかる勇気があるから
でもまだだ　それは**急に**　それは値段がついていなくて、**恐竜**の緻密な漫画に挟まれて
苦手なこともわたしたちにまかせてほしい**な**　**食事は**したこと、ありますよね
神経の構造を盗む**頬から、頬が**どんどんうまれて
笑いながら　レモンを絞られた雲が上着の上を滑る　行く手を
狙う　エンジンに触れる、**入浴**をすることも

わたしたちが**住んでいる**　家ではこれが標準のサイズ
孔雀はついばむ、時計の金と銀の間で
昨夜から　雨が降りつづいていたので

うーん、待っている**列車**が**なかなか**到着しない日々ですが
壁にはかつて生きていた洋服がたくさん塗りこめられていますが
いい？いい？いい？
ユニークに青空を折りたたむ光りの指
　　　　　　　　光りの湯を捨てる
優等生と劣等生が会話を繰りかえす　いないなら
素直に、他人の夢の川岸のピクニックにも**地獄**があらわれる
電信柱が立ちつくし住んでいる
蒔いている
結ぶ　空はまっすぐな千本の針を飼う、だから空で入浴すると
縮む　というわけで、**上級**者には多少荷が重いかもしれません

まさか　まさか次の日曜日の心配までしている
わたしたちの知らない旗が春の尖端で裸になっている
つづけよう　**それからの**出来事も、**重力は**かばんの中心地
旅をしていて思うこと　しょう油をきらしてしまったんだよね

スリッパがとてもよくすべる空間に生きていて、しかも**全円**が一円玉をまっとうして
苦手だった事柄があひるよりも前にすすみ、フルーツのようにおいしい自転車にのり
「**あ**」は一画めからきついというけれど
わたしたちは　家が**小さく**小さく縮みやがて見えなくなる
注意の尖端が五角にわれる、セーターをすっぽりと着て友人は話す
いくつもの空の**あやとりの**　弱い　糸の群れの匂いも
チューブには夏のものと春のものとがあって、盗まれる棺
青空を平面になおす数字にひろがる、失敗をする
古着屋にむかう赤い車
それだから群れは弱い**肉**のことをとてもとてもよく思っている

にじむ日記　それではそろそろ死のことも考えなくてはね
ほどかれた指紋が、**海**の支店から上手に逆上がりする
もうひとり、戦ったオープンの座席
春夏秋冬　まじめだよ
競馬で最強だった馬の繁殖能力

死んでしまったうさぎもちょっとはキャベツをきざむべき
ここ新潟で　大恋愛
どれだけ自由でもまさか　トイレットペーパーより溶けやすいってことは**ないでしょ**う
さあ捨てずに　似顔絵だったなあ、負けないだけの強い力
恐ろしいことをはじめた？　屋根には少々**の情報なら**めりこんでいる
いかんせん、わたしたちも夕暮れになれば出発してしまうが
なだれはわたしたちを電気剃刀の　洗う
落下する映画のぶどう、頭の**良い**ナイフ
最悪の余地にシャンプー**の泡**、面と向かって言いたいと思う
二発
わたしたちにも新聞がとどきました

分母**に**いれる**わたしたちの発達、**
くま**がどれだけ昼寝しても許**される**ようなわたしたちの発達、**
しかも寄道**していてシャンデリア**。
青**空**はわけ**あたえられたばかりの真新しくあたたかな船**。

卵にゆでたまご以外の運命が許されなくなって以来わたしたちは発達。
教科書ばかり読んでいたのでちっとも気のきいたことを言えなくてごめんなさい。
まったく世界中でわたしたちを愛してくれるのはあなただけね。
ベランダから生きてもどった人はひとりもいないっていうのにさ。
毛穴のひとつひとつに埋めこまれたダイヤモンド、
子音っていうのはおさがりのみつあみ。
これからつくるのはわたしたちの発達、質問をどうぞ。
朝露できらきらするくもの巣状にひろがる東京都をわたしたちの指がひょいっとつまむ、
一生分のコンタクトを自転車の荷台につみあげている、そのとき、
わたしたちの背中はぱっくりふたつに割れてしまうが、そのとき、
その中央でウインクする眼球がひとつ。
眠ろう眠ろうとするけれど咽喉が痛いとわめくから、
口をわっとこじあけてやると星がいくつも小枝にひっかかっていた、
別離はわたしたちの知る天国のすべて、
選択肢はいつもいつもできたてのくま、
　成長する、
成長する、

成長するのっぺらぼうとわたしたち**は沈黙している。**

必要のない　恐ろしい状況下での**サービス**
わたしたち**が**朝の珈琲、修理した家をつくりなおしてじっくりとみがく窓
同じくらい真剣にvolvicのフルーツキスを飲んで
ごめんなさいは？　　ごめんなさいと言いなさい
邪魔だし　血気さかんな太陽がきっと**他人**に見えてたくらい
あげくのはてに、富士の山頂で　晴れた日に調子のいい人と会話して
痙攣して素早く老いるくらい　倫理は
元年に**洗われて**、使いなれたクリップで銀色のゾウをとめる
一切　わたしたちの**魂は**ひとつの扉を閉ざしてしまった
疑問符に性欲をたくさん**詰め**こんでいても、わたしたちが失敗したときに
もとめる絵は……、シャープペンシル
いいですねえ**日本**
ここからさき　冷凍食品については、たったひとりで行かなければいけないと
名前には水死のことを書き、睡眠を然るべく、発達させる

わたしたちは山を**自由**にする

順番をまもって心の初日　真珠…
とても信じられないことだけど、猫と猫の**首**を切るのだと
砂糖と砂糖のすきまを　間違いさがし
電気のかよう服を着た人たちが大挙して押しよせ家の扉はみな開かなくなる
婦人は上がったり下がったりしている
きょうは火曜日、椅子に貼りついて座るりんごは椅子ごと硝子のような音を立てて砕ける
わたしたちの家**は横になり**、とてもやすらかに眠ることもできるのだと
薄い皮薄い皮　一枚、賛成してくれたら
わたしたちは**首を吊る**
斜面がアイスクリームと**同じ**くらいに輝いて、危機をやりすごす
わたしたちにむけられる感情が減っていくのを　見るのは、こころよい
時計と　沈黙する空をたぐりよせ　切替えて
寿司に関していえばもちろん　松と竹と**梅の中身**をシャッフルしなければならない
西日本は山口県にただひとつ

いったい　いつまで天気予報を信じてるつもりなんだ
わたしたちのひらいた雨傘の上で**逆**立ちするたったひとりのピアニスト
電子レンジで焦点のあわない宝石を毎日温める　苦い苦い**夕焼け**
そう、わたしたちは偶然この家に住んでいただけ

　　　　　　　　　　きゅうりの**輪切り**

コインランドリーの真ん中で蟹が**しゃがんで**い**る**
とはいえ　内側から鍵をかけ
浮気性だなあと思い指と指の間にマーカーを何本も**挟む**
しま**模様**　こんなに酸っぱくて**は**我慢できないと
幽霊のように逃げだしてきて、２ミリほどの身体でしなをつくる
ひらかれたカラフルな包装　ゆたかなひまわり、
ラジオ体操をしていると、腹がつやつやに熟す
それが　いちばん**いい**方法なのだと、ちゃんと**教わって**いたのだった

肉体は交遊範囲をこえて　**火種**はむくむくと顔を見せて育つ
必要ないはずさ　夢**の中**では、日々、わたしたちの人生は長くなるのだし
事情を説明したい　縦横無尽　雷が**落ち**てきて
慌てて、苺をエコバッグいっぱいに買いにいく
たったのひとふれ　**豪華な**鸚鵡返し　どんなにゆたかな林でも
やめなければ火がある、いったい何のための毛？
高みの見物　紀伊国屋書店は**庭**の**ほとり**に最近また庭ができて
そろそろ勘違い　わたしたちは当時、本当に　本当によく眠っていた
じゃないかな　過不足は光る、お喋りをするように
千差万別、ああ食べたい食べたい　渾身の小春日和
裏打ち　お会いしましょう、すべてが可能なわたしたちの家で
ＡＢ型　十把一絡げ　蟹の殻から身を剥きだすように陽は沈む
タンバリンが鳴る　鈴が鳴る
たくましく**パンダ**が笑って桃色の歯茎**をみせる**

耳をすまさなくとも日本からは

路線図に黄緑**色**した雨が降る、小滝橋　凍えた犬の断面が真っ赤で
　具体的にはスチュワーデスと結婚しているところがたまらない
花粉　生クリーム**だけ抜けている**ページにびっしりとステンドグラス
正直で**バランス**の悪い　新しい　笑顔のような空気
ガソリンをきちんと決められた間隔で、化けの皮の六道…
中央で体重をふやす、最後から2番目の歌にも
日々の社会、日々の算数、日々の
無人**は**　ださいジャージだし　しかも輝く出口をにょろにょろと見繕う
前のめりに水の輪のなかで　水は笑い
目覚めると口の中いっぱいに花びらが
東京タワーの根元、青痣のある球体の鏡と**鏡**がぴったりくっつく
大安売りに肉付けして思うこと　うん、くやしいから嫌だよ
積みかさねられた電気と血液の層が　うかんで　怒りの右足と**喜び**の左足を浸す
一枚先に出してしまった　しばらくしっぽをふっている
バケツの分厚い**底**を**抜く**

このところ、まないたが出来て　凝った　**無実**の　動物**まで**海に捨てる
交差点が降りてくるので夢中でまたぐ　リモコンのボタンが刳りぬかれて
クリームソーダのソーダには青色と**緑**色と赤色があって
日清、日清、日清、
むこう**側から**穂村弘と小池光が手を繋いで歩いてくる、まだ覚えているどうかも、
視力にも温情があるといいたいのだろうか、中古屋にあふれている
エイプリル・フール　間違って、嫌いなものにさわってしまったみたいな表情
みずほ銀行の曲がり角　音色からいってもきれい**すぎる**と思わない？
来年は頑張ろう、来**年**は頑張ろう　候補は2種類ありますが
あんまんを食べてルノーに乗って　錆びついたベッドが**軋む**、陸地のすごさ
透明な桃や蜜蜂を**つぎつぎ**に巻きこんで　ここにとどまって
ありがとうと言う　もちろん、わたしたちは日本人ではありませんが
かなしいなと思う　もちろん、わたしたちも
凍る耳　クリームは台風をうるおしているか　どうかなあ…
ちらし　電話代そちらだったか　毛糸のような**毛**を揺ら**して**

わたしたちが雷のようにおちてきた、あたりいちめんの洋服のにおいにあたふたしていたころ、消防車は頻繁にわたしたちのもとにやってきた。消防車はわたしたちに、火事は知りませんか、火事がどちらのほうで発生しているかわかりませんかと、よくたずねたものだった。いつも決まってわたしたちは、ええ、ごめんなさい、ちょっとわかりません、いつもお役に立てなくてすみませんと答え、消防車は、そうですか、いえいえ、毎度ご協力ありがとうございますと答えて去っていく。消防車が、まだわたしたちの手のとどくところにいるときには、消防車は消防車の大きさをたもっているけれど、黄色い草原のむこうへ、むこうへと遠ざかっていけば、やがてはひとさし指の爪にのる、天道虫くらいにしか見えない、赤い点へと変化してしまう。

そのときになってわたしたちはふりかえり、雷のように落ちてきた、あたりいちめんの洋服をふりかえると、レインコート、ブラウス、カーディガン、ジャンパースカート、トレーナー、シャツ、ハイソックス、ソックス、ジーンズ、ハーフパンツ、ショートパンツ、コート、ワイシャツ、シャツ、シャツ、セーター、そのすべてが色とりどりの、さまざまな赤色をしていたことを知る。むせかえるような洋服のにおいのなかで知る。ごうごうとつよい風が吹いて洋服がめらめら、高く舞いあがる。

そのときにはもう、やがてもどってくる消防車のための道はわたしたちの心臓のなかにすでに敷かれている。それから、雷がもういちど落ちてくる。

とうとう　わたしたちの歯型がみつかった
そんなふうに　正しさとはべつの重力がはたらいているのがわかる
俺にきかないでよ　眼鏡、分厚いね　春の回転数　呆然としていますが
出発、角砂糖をこわしてもう一度ならして固めた**海**のおもて
　中継します　４に**ついて**、超えなければならない
血塗られた床　すべり台、メロンは夜を経るごとに水分がふえる　**どんな…**
なつかしい　**隠し子**だってことも忘れていた、花が**髪の**ようだ
そう　そう　日本人は眼鏡をかけた**まま**シャワーを浴びてよくくもらせる…
しかし、**縞**模様の虎の背中には磨きぬかれた雪が降る
むむ、全体**を通して**これは言えることだと思いますが
顔はその肉のなかに沈んでいき　ちいさな握りこぶし
父親たちの恋も母親たちの恋もいつも　わたしたちには新鮮ですが
オムライスにはケチャップもマヨネーズもかけたい、**我慢**できない
局部的な生きものから進化する
夏は浴衣、夏のお祭り、夏の海、夏になったら花火を**しようっ**てさ

わたしたちの**ごく**貧困な想像力にも　やがて誕生日がおとずれる
母音はポップコーンのように弾けて、バターがにじむ
だって、たわしは獰猛で**勇気**がある　**きれいな**虫も食べられるし
重複した柄のトランプとトランプで　同時進行で　七並べしつつ
遺棄　**皿の上**のおいしくおいしくおいしい苺　煙も出る
船の窓からはみ出すクリーム色の象の**鼻**をみて、面食いで何がいけないのかと
パチンコをして歯を磨いてパジャマを**着て**またパチンコをする
先**延ばし**　木琴の馬でも鹿でも大恩人、地平線の太陽から
おおまかに言って、失敗した飴のようにレゴブロックを積み
ちゃんとキープしておこうよ、そういうの　炭酸たっぷりの国境も
耳を立てるおたがいの雪のような、桃のような氷粒が美人の頬の　肌理をうずめる
ましてや　変わりはてた姿となって発見された井の頭**公園**のことは

温暖な根が　ゆくゆくは将軍の足許にも**及ばない**
水と**太陽**の生まれるところ、２０年したら選挙にもいけるし
使ったあとにはきちんと**もと**あった場所に戻そう、さもなくば重要文化財に**星**と

田舎ものの自明性のような、もしも、裏が起毛でも
そんなにダイヤモンドでできた右腕を信用しなくても
バスマジックリンの時代があり花柄のめがねの時代がありSMの時代は終わりみたいで
集中している　犯人だからか？
もしかしたら山手線を裏返した耳に抒情が**残る**　同時に、たくさんやってくることを
面白い　腋の下なら　**バナナを**食べるべきだし、たまには諦めてほしいなと思うこともある
高い音域で生きている白い自動車に　収穫する、きらびやかな**神経**は
　しゃっくりして代名詞は
母親のように唾液をこぼしながら　砂糖でざらざらの友人を水道水で洗おうと
　森からは
そうそう　フランスパンだけ**は**どこにもいったことがないんだけれど

日本人には指紋が**あるか**ら　危険なことをしてはならないと
雪の一片を１００万分割して　理解できる、草の生えたパスタ
また、ださい、艶の多い黄色のレインコートを何枚も着込んで
みみずを多く含んだきれいな事柄**が苦手**でたまらないサービスエリア

魚が肉になるように、アルファベットが太陽になるように　夢になり
南にはキャンディーを忘れ　2年前には傘を忘れ　忘れていて
冷凍食品は**はじめて**食べるということだと思うと　ちゃんと就職するつもりはないのかと
グラデーションの　虹を**刷かれた**日本人の顔に映りこんでピースする
みずうみに星が落ちるくらい、多種多様の太った少女
レシートの裏側にサインしてください　それから**表**にも
せっかく　電信柱に血や臓物がついていたのに
わたしたちの新しい**日本**人たちがシンメトリーで
わたしたちの命より**長持ち**するというのなら教えてほしいくらいです

もうそろそろ　東京は行方不明になってしまうし
わたしたちが選ぶだろうというのはかつての話、窓は赤くなり青くなり
うん、まあ、有利に立てる話題かなと思っていて　千歳烏山で凛々しく生きたい
20**0**2**年も**過ぎてしまったし、笹の葉をふくむ夕暮れに
生まれつき双子は苦手なもので　壜底で　水色の湯は頁と頁の**あいだの**力が歪む
表面は　達磨らしくつるりとした、東京駅で意識を失う

必要な、回復すべき信頼　そうかもしれない、本当に　そうなのかもしれない
安全圏にも体温の低いメロディーにも　矢印に、ちゃんと復讐されてる**な**
天気予報　**しらべ**ようにもわたしたちの、住んでいる場所は多すぎて
くまの模様**に**耐えかねた**真の**歴史がそりかえる、よく笑う人だなあ、
油断した光りの噴水の**上で**は下敷きがぺらぺらしていて、胸のなかが涼しくなる
代行した点滅の　予期されなかった隣人たちは、わたしたちがそんなにこわい？
最近　まったくおなじ濃度で**再現**する
奪って**きた**沢山のカラフルなろうそくが鏡**の**なかにある**?**

どうしてこんなに　美しい日本のわたしたちの
必要最低限なエロほんに関わるための電車がいくたびも憂鬱に、**通りぬけ**て
子どものころからずっと一緒、おしりがいくつも隣に並んで
青森に厚かましいりんごが生きていて友人が生きている注意を**払わない**
とくに　双子が炬燵に入っているときにはよく轢かれる…
電気のついた黄色の**紙**袋は、最悪の事態に陥ってしまったんだと
方角が安定している　僕の友情を疑うから**いけない**んだよ

人の文字を3回書いたら夢になりますって言っていたし
硝**子**のコップに座り、2杯飲む　家まであと30mという地点で
白**抜き**文字**で、**もしもし石原慎太郎ですけど
ホッチキスで留めておいてくれるかな、それもこれもあれも全部ね
痛みなしに水晶の壁を通り**ぬけること**　あたたかい家を譲りわたすような手つきで
ウエハースを**噛む**ような　**複数が**微分を許す、最後のひとりでもあるし
また　水瓶座がにきびを増やして、本当に、三島由紀夫はすばらしいと

彼らがたったひとりの母親を狂わせたように　東と南がよりそって眠る
気のいいアヒルが全身を斜めに緑色に吊りさげる、面映い星座のかげに
行儀のいい牛乳だと思ったと　どんな漫画も最初はアルファベットだと
もうすこし右、もうほんのすこし右　その少しがわかりづらいの？
その重力はみじかい生涯をおくり　日本人たちを見せしめにして
どうしても　住んでいる家から手を振ったりしないこと
麻痺しているのは金銭感覚だけじゃない、苦い青空だけでもなくて
増している　みみずが生きている紙のなかは、とても白い角膜

質問の意図も、図々しい方言だって？　おおきく口を開けてみろ
凍えた　力のない影をいくつも持ったチーズが冷蔵庫のなかにあって
肉体には類型があるだけで　街灯が捨てられている、舌を抜かれたというのに
6年待ち、白い家が増える、それくらいで感動するなんて
わたしたちの**皮膚にたくさん穴があっ**て**春の極点**
権利は**出発**し、わたしたちの友情にもたくさんの、またテレビに夢中になった
ダイアリーがねむってしまうまであと少し、オレンジ果汁１００％は
しずかに森でからだを横たえて、大きく大きく
右と左の耳がそれぞれみぞれまじりの目を見合わせている

すべてが可能なわたしたちの家で　これが標準のサイズ
二重の裏切り、他になにもない**朝の**音楽に、**気は**やさしくて力持ち
もう何リットルかわからないけれど
新宿の理髪店で、複雑なライオンの表情を**みせたり**もするあなたが
終わらない、日**本人**だとしてもわたしたちにはまるで関係ないって
指紋のついていないセロテープ、ミズーリ河の鰐、**それからに**ぎやかな人混みに

紫陽花のように星が群がって息をしているところでは、どこにもいないんだねと
実際　針の動きに従ったり逆らったりする秒数の他に
てのひらは**真っ黒**に**な**り手首にくもの**巣**が、冠婚葬祭をすっ**と**ばして
みつけた?みつけた?みつけた?
重箱のすみは善人にも乗降する隙がある、歯が痛くて
電飾をまとったイルカの双子どうしが頭突きして　勇気があるから?
純粋培養した山手線**に**くらべて**みて**も、洗濯機の見本を並べて
栄光や名誉がお辞儀する心を　光りに沈める、消えてしまったわたしたちも
きこえるのどうか、さむくなるくらいに呼吸する朝が
昼と夜にダイヤモンドの橋を渡す

マイ・フェイバリット・ヘイトスピーチ

ふたたび老いて暗記する日本のエメラルドの淫乱に橋架かり
たったいま畳まれている無数のジーンズの魂を売り払うにもペットショップに？
あんまり硬くて歯に埋まる種・埋まる歯は宝石の子どもにちがいないのに
眼がつやつやの季節、ゆうぐれ、強盗のまくらを夢に置き去りにして
くらい風呂場　菜の花はあちらから明けて。二乗にするよ　ふさふさの顔

むきだしのピンクの脚にくらべればらっきょのように剥けないタイツ

名高くて変化にしたがう鏡の底をたもって朝の夕焼けを洗う外から

条約はピンセットのさき震わせてはるか彼方のわたしから来る

8階、8階、8階、よんできて観覧車　しばしばも贅肉のみずうみ

あんた、怒ってるとき、見えてるよ、神経がクリスマスツリーみたいで

悲劇から　清潔な舌なめずりするすいかずらには花火をながめて
青空のくびから上は宝石うんうん朝食にみえるa,b,c,a,b,c,
親しい肉体と親しい心の悲劇は食事だ　午前も午後もダイアリーで
洗髪に海へいくとき必要な電信柱の音階覚える
まだまぶたすら閉じれないんだねお風呂にはきみによく似た子が溺れても

強い海良い海重ねた海の8層がきらきら光る山より飛べば

弟がふたりいまして浴槽につかるおしりにつぶれるケーキ

源氏に耳ふたつあり昨夜思うありったけつれさっていく扉を持って

動物園も病院もそっくりだったしくるくると人は臍からきれいに剥けます

電流の通う眉毛にゆきは降り窓に近づく海の挨拶

めぐすりに似て高速のかみなりも胸の外へとひろがる花瓶

きみが呼ぶどんな名前もすいかで仔犬で、ここは南極?、すごい匂いで

たんぽぽが海で息する２００人のまま着替えて傘差す

観覧車の肉を切りわけゆうやけにきみは吊られた眉毛のかたほう

愛国婦人会

でもこれからは心の小便小僧の心の底という底が鏡貼り　桜が咲いて
蟻の這うあたまをゆらし月はまた光りは光りを迎え撃つのみ
水の中のきみの中の夢がみつける　みんな気をつかって言わないけれど
奇蹟であふれた棺にふれてほほえみのゆっくりとしたまたたきがこちら
いつも犬を見にいく見にいくか雨を心から言いっぱなしだ千円払うよ

なんでまたソフトクリームを精液と書きつつ昼と夕方のため

この世から電話を切るべく心から花に砂糖のたとえもあるさ

底にない威圧が流れるそらのした針に双子の妹がいる

性欲が目薬のように落ちてきてかみなりのそらいっぱいの自殺がみえる

信長のゆうれいのみどりのまつげと言うべきのティファニーを射て

アヒルから友人のほうへたくさんのわたしのミューズは苦しんで死ぬ
なんでまた兎のまつ毛の長い夜　俺と知りつつ人の世のため
仲の良い星座をひきずり行くものか顔を洗ったわたしのほうへ
権力と栄光、権力と栄光、権力と栄光、権力と栄光

イッツ・ア・スモール・ワールド

薄目をあけているくまを横目に見てあるくもうひとり　ちがうって
気にしなくていい　プライドを可愛がる頭のなかで　ゆっくりしていって
謳歌して　行く先のない　緑色にふちどられた境遇でも　くまのプーさん
気まずい怒り　キキララでもキティでも　ないんだから　期待してる
やさしい日本人として英語だけ話していたい　昼寝のかたすみで

ちゃんと野菜として大根おろしをたべる　おしゃれで頬をくっつける
わたしは合図ではない　思いあまって待ちきれない　みんなが不幸になること
よい子だけが星座になる　部屋が四角く区切られて　言うこともできないけど
あたり前だ　かつては1時間が限界だったようにポカリスエットを飲む
心底はやく死んでほしい　いいなあ　胸がすごく綿菓子みたいで

ドライブにＴシャツを着ていて夜じゃない　沈む輪が様々な色を従えて
生まれつきのことなんだから　凍ったりする　離さずにゆめの女の人のにおい
おしっこのお金も耳もきれいだね　もっとずっときれいにしてあげる
ＣＭでもうまくいく　空をゆめから一つにする　お釣りにヨットがほしい
雨のない　高速のパーキングエリアにひとりでいると死ぬほど幸せだ

桃から桃をとりだして　猿も木から落ちる　ゆっくり　ゆっくり洗うよ

逆光をトランプにするみんな　本当に　ほんものの天使とだけは結婚がしたい

なにもそんな　甘くも酸っぱくもない　太陽を浴びて夜になることを知って

草いきれ　風船がたくさん浮かんでる　おもしろくって　次々に生きる

はやくから　店頭に出ていた　耳をすませば　フルーツのサンドイッチ

ついさっきのことなのに　花丸をつける　命をあげる　どんな曲だと考えて
しましまの　花柄の　すべる　不思議に　いく　みんな大好きみんな死ね
ぶたにくを夢でみる　しらべる　祖父が頭をぶつける　逃げる男女は
海をまるごと吸いこむピアノ　食卓に並ぶ　海をまるごと吸いこむピアノ
日本から　みぞれが降ってる　ひとりづつ　だけど　薬局のほうだと

日本男児

可聴音域のガラスのなかでも　行方不明の目をあけていられるかと
みずから**うみを**眺めるようなもので　外国の女性の方は下の毛も金色ですし
鞄にETのよだれのような緑色の液体で　Merry Christmas と書かれて**しまう**
夢の中でほんとうに見たけれど　胸に赤・白・灰のつやつやの毛がびっしり
あの世のみんなはやく結婚して…　夕焼けが栞のように電線に絡まって
疲れた帽子をかぶっていくと見えなくなる
みんな人妻だよ　きみのきれいなちんぽもね
とてもちいさな墓場からもどってきたときには　選べる？
みずうみは銀の　南のシンバルを何度も重ねて
もっと自信を持てばいいのにとずっと思っていた
冷蔵庫から稲妻が漏れてくる　他人の家でパソコンをつけたままねむるのは気持ちがいい
背中の上に**繰りかえす**船がいるのが見えて　危ない
悪いけど俺の親は本物の医者
まばたきばかりして、きのこみたいだ
まだ入歯じゃないということが恥ずかしくて仕方がないの？

どちら**の**道　つるつるの紙の束を抱えて**しまう**
透明マジックで額に権力大好きと書いて生活しています
塩っぽい城の中身をのぞきこむ　きりぎりすの表面の点滅を**繰りかえす**
健気な**みずうみ**からわたしの**あの世**の**みずうみ**に
いけません　危険すぎます
社交的で　**まばたき**し、手袋のほつれにまで余念がない
なかに氷の詰まった葡萄が青空からとめどなく吊り下がる
11月のにんじんのように苦くて複雑で
机から**疲れた**椅子にかけて昨夜からの猛吹雪にもかかわらず
どんどん増加していくなつかしい出来事のように　すごく飢えをしのいでいる皿
ちょうどよいタイミング　親愛なる**鞄に**たくさんの源氏とすこしの平氏
だったら　毛布を紅茶に浸せばいいじゃないか　失礼だよ
落下以外の肉体感覚をともなった夢ははじめてだ

昨日よりみんながひどく素直になる**よの**なかで
みずを吸**うみ**じかい間にきりりんの首はアーチになる

知っていることを知っている体感速度は1年分**にし**ても
ハプスブルク家の子どもが使っているフォークとスプーンが交叉して
むこう**みず**な筍と　かぐや姫のぬいぐるみを**つか**まえるか迷っていて
真んなかからつっぱって盛りあがり、裾広がりにバランスをくずす
えらんでいると雪が**うみ**の底からゆっ**くり**すこしづつ吹きあげてきて
あのビールを4杯飲めばたいてい　ボタンにひきつ**れた**緑色がうつり
身のまわりの素晴らしい事柄はすべて　自分以外の力だから、決して、感謝してはいけません
どんな秘密もキャスケット**をか**ぶり鞍掛山にむかう　約束を**すま**い
さもdocomoと契約が切れたことが一度もないかのようにふる**まう**
おなじくらいの果汁のパーセンテージが　弟と地面に寝そべって
い**ちば**んに　膜をかぶっているどんな栄光と引き**かえ**に
成熟した信号が「すすめ」「注意」「とまれ」を同時に命令する

新聞紙に**く**るんでオレンジとライムがフランス人になる**の**を見る
一枚でいいから自分専用のパンツが欲しいのだって
道半**ば**にして　さまざまな棘をもつアンダーラインが夕方を覆う

三連ならんだほくろのように慎重に
パーティーは、すごく**あ**りが**た**い**か**もしれないけれど
しかたなく**魔**物の顎をなんども撫でている　きつねとたぬきの化かし合いだ
サンド**ウ**ィッチを噛んでいると**耳**のな**か**で火花が**み**ちる
奇跡的に生還したことが**よ**かったのかど**う**かはわかりません
たしかに腹の立**つ**衣替**え**　季節風の影響で桜の開花は年々はや**ま**っている
触覚がふるくて汚い台所を思う　見え**ず**　砂糖がこぼれて
ピグレットのCカップ　パーカーのフードの根は姿勢よく伸びあがって
下手をすれば片道1時間だし、もう1ランク上でなければ眼中にないと
筋肉が透明な束**に**な**り**脂肪がたくさん花開いている
すっかり立派になったそこの掲示物には手**を**ふ**れ**させないでください
そういえ**ば**　**ず**っとねむっている猿　ほんとうに手**の**か**か**る島だと思う
うしろから入門していくと　ときどき専用の石鹸のせいでく**し**ゃ**み**が出る

つつぬけの縞模様と水玉模様を夜空から一気にひきずりおろして
くまのプーさんがわたしに進化したように　しあわせになる権利のことなどを

ビタミンCは皮膚にも太陽にも含まれて　２００人が戦争で死ぬと
まだずっと光りの横側に立っている　ね、ほんと俺にしときなよ
空洞にいいにおいのラ・フランスが細胞のようにぎっしり詰めこまれていて
おじいさんはうんざりするほど　僕のはまったく特別だからと言っていた
倍速のたんぽぽがにこりともしない
いきいきしていて．野球が大好きで
すばらしいお湯をそそぐと３分でできる腹這いの友人のように
ただ、問題なのは壁として役に立たないこと
サンタクロースが自分自身を選びかねない　夢のような大陸の、体育館で人殺しをするように
それほど不潔なきりんがお腹を見せて甘えてくる　そのときに天井にさわったこと
ほんものの悲しみって言うんだって　ミニチュアの家具が海面と床をずらして
走ったり歩いたり　勝手にすればいいよ　でもそれじゃ絶対に次にはいけないってこと
夜空の底が割れてひずんだみどりの音楽を撒く
だから本気だってば

クイズ
&
クエスチョン

3

線引いた？
ね。このやきそば。みずうみに
いるかいるかいるかいるかいる温度計
使ってみたの？　熱っぽい？
なら安静に
より深刻に
（消滅）
ダンス！
雨？
ダンス！
雨？　いいえ、
来客中よ
これから僕が呼びますよ
ミセス・ミスター・ウルトラマ、

んんー酸素だあ、あ、自転車のその尻の
線みずみずしくて
　雨が降るまで
やきそば（**ん**）！
やきそば（**ん**）！

4

僕の耳の血管のなかの
まんがと牛乳の婚姻を
２０世紀の教育者から

電流のショートケーキ
気高い千葉のみどり色
その壁の４枚ぴったり

ここはどこ
ここは２の腕地獄から
はるかにすいか
はるかにメロン
はるかなる
愛と勇気とけものへん

（新宿、渋谷、）
（池袋）

月々を月々の鏡にうつす
年々は年々の窓
にんじん
田
未
背中にしまうゆびわ数々
いろとりどりの黒子は
あたりうかがう
選択肢
A B A 微

1

子音そば母音うどんに
ふるくなったら下**着**交換
　よろしくね

　　きれいな鳥も
森の油に九**州**沁みる
また一歩　ヒヤシンス

を　**を**　助手の海面の
ひかりの紐を熟するまでに
　お祝いしよう

裏表結う立派な野原
　スピードを２等分

愛する**9**に

みつば**ち**のばら政治に毛
友情なのはな
うなずく発表ねじり

5

可能性わたしの朝の
地獄篇用事ができて

近づいてきたを梅干
むかしも今も月光は

うんなんて親密な縞
わたしたち晩年の鬼

みがく雪の顔１人で
えがく歯刷子３人で

繰返しわたしの名前
新聞は器用なみどり

背なかは秋に傷口に
なり調味料胸に持ち

いきなさい牛の炎へ
忘れなさいまた幸福

おはよう海の点々は
蜂起して稲妻りんご

偶然は家に寝そべり
って肉の英吉利に顔

で！

2

きょうの服
あしたの洋服

心臓に！
着せる洋服
洋服は手紙
色ある手紙
テレビが
輪廻転生するのを待って
えらんで
でかける
クローゼットをひらく猫
心をひらいて
心臓を切りひらかれた猫の

心臓のなかの眼
完璧なテレビの視線に耐えられる
その眼が沸騰するのを待っている
赤い細い
血管はほそい枝になりひろげた枝に
みるみるみのる洋服
　新鮮な！
洋服は！
もぎたてのにおい
　どんな水？
どんな恐竜？
　どんな水？

「奴隷のリリシズム」（小野十三郎）、
ポピュリズム、「奴隷の歓び」（田村隆一）、
ドナルドダックがおしりをだして清涼飲料水を飲みほすこと

海や朝にはあいさつがなく　わたしたちには殺人ばかりがあると　サンタクロース

たくさんの春を指にはめて　両手に　ひろい　信号が病院のなかにある
あだ名っていう　おなじ人っていうレモンが怒ると　鍵の入った鞄
口の中　口の中に準じるところ　靴や靴下をはいて　抽選と分配のあいだ
薄荷に　子猫や仔犬がとけている　神経のシャツを着て　なくして
母や父が光りからはみだす　ゆっくりとレベルを上げる　いい人を殴る

プライドに　ピアノの鍵盤のプリント　すすみ　スプーンやフォークを握っても

北にうまれ　ゴキブリがさわぐ　澄んだ渦巻きが　礼をせずにみている
ねじのない夕方のそらから　もう3時　背の高いわたしと背の低いわたし
画鋲がもっとも苦く　てっぺんにあるところ　実朝が　バターを塗ったりするまま
こちらでもあちらでもトイレ　なくしたリモコンで　…くわしい　すずしい緑
長く　たくさんの夢のように譲りながら　入口でいつも　心を食べる
長靴のなかに光りがたくさん　泳いでる　その支配下と落葉のなかで

悪人について　ぼくのミニーちゃん　しずかに　東京タワーとスカイツリー
じゃんけんしながら右をむく　新年がはじまったら　各駅停車しかとまらない
その裾に　かがやき　散らばった泥棒　絵の具　結露している足のゆび
ぼくのミニーちゃん　やだね　夢だよ　熱を出したミッキーと　平等に愛する　誓う

ひたすら光るきりんの　おしりの毛も　ゆうぐれと　青空の葬儀をみちびく

右と左にひっぱられて　耳じゃない　わたしじゃない　一つ一つのみぞれ

絶望に関するレポート　演歌に弱いパンダのような　１００％考えている
列をとめて　隣から　冷蔵庫と映画館のあいだ　彼女の緻密な　夜空と
豚…　ぶたとうさぎの交尾…　救急車が呼ばれている鏡に　お城に
みにくさのスリーサイズを　飛びちった　星の端を　眠気とわたしが徘徊して

太陽はコップから昇り　太陽に指紋がのこる　姻戚がソーダに満ちてくる
下が同時に出ているような　ＦＢＩ　感嘆符ともいい　春風がいったりきたり
ミニーちゃんと性交したくて　どうしても　ユーズドの虹と　推薦状

デス・バイ・ハンキング　きれいな子どもの食欲と性欲　あいつぐ雪のなかで
かけがえのない無実の罪で　筋肉の　光りの充実　ポップコーンといもうと
日毎に　虫歯は教えてほしい　かならず0点の　マヨネーズは心を許した

就寝の　ほうれん草の　親指の　耐水で　ミッキーがハム　ミニーがピザ
おかげさまで　どんなふうにも　血が銀鱗　看板をよく読むと　雲にいる
BLTサンドは海の子ども　というよりも　さいごは月面を低く　低くさせる

手紙魔まみ、夏の引越し（ウサギ連れ）

いつかまた逢えなくなるねと天界のブラックリストと野望をあなたに

動物園液体化現象（しまうまのしまをせいりつさせないように）

スピードを愛する心とスピード違反を愛する心とでもって、まみに火を

ランボーは水道で手を洗わない／ランボーの手は血と精液とインクとわたし

天国は硝子のようにぱりぱりと夜に無数の瞳をひらく

いつかあなたが3人になるゆうぐれをつくる鍋には靴をいれるよ

付け睫毛の妹はゆゆ　悲しみの妹はゆゆ　まみの妹はゆゆ　ゆゆよ

夏のおにぎり春のおにぎりほろびやすいのは10年かけて燃えあがる髪

殺戮と初恋の果て　アメリカのまみみたいなMANがYEAHって飛ばす精液

太陽を奪う太陽　%　テントウムシ畑になってしまった貴方は

手紙魔まみ（やってこないわ）（真夜中の）冬が来たりて洋服を脱ぐ

動物の分母をいれてランボーは宝石へひらく全方位へと

まっすぐの眉毛ねあなた正直ね　描くときもあなたかなしいでしょう

まっさかさまに窓へ落ちつつ洪水を決めて生きものに似合うくつした

冷蔵庫。サファイア混じりのヨーグルト、午後2時、ゆゆがさしこむスプーン

ここよりさき帽子は海にうまれると海を知らない少女の両手

うつしみに何の矜持ぞ降り立った天使があなたの舌を噛むまで

ソ連から来た人のもつ虹の上あるいて走ってあしあとがゆく

なにもかも花嫁みたいだ／夜も昼も／いちばんがないって／脚がないって

ランボーと添寝しているミッフィーの肉棒がさす未来のほう

優勝旗笑って貴方に巻きつけた、江東区とは住所ではない

雷が落ちる予定のたんぽぽに氷ったシャツ着て氷ったマイクを

かぎ括弧内で会話をするように可愛い台詞っきゃ言えないひとだ

ゆゆ、これから傷つきに行くって顔してた。蜜蜂が口のなかからじゅくじゅく溢れて。

殺されたまんまでいてもたのしくはないよね　起きてあそんであげるね。

全戦全勝のくだものだから月を剥く貴方に乳首はふたつかがやく

「まみより」は心の底で書いている。まみ・フロム・愛の、深い深い淵より。

温室の心のうちに傘の骨そこまでみどりの焼肉のタレ

2001年7月20日を呼び出して電気のなかを行くヴェルレーヌ

ちんちんの尖端をつかみあげ世界の天蓋として　お花畑を照らしてみたい

ゆゆとまみヴェルレーヌをみつあみにしながらヴェルレーヌがかすかな息をしながら
十字切る心よ、７月の約束よ　歯医者よ、これはウサギじゃないの
疑問符は卵でいうと白身より黄身　めかくししてするじゃんけんのこと
太陽と月に背いてごみ箱のヴェルレーヌ埋葬費用九百フラン
ひとつかみする片手では知る人のすべて消えてくさくらの事件を

入口は地図よりやさしくこの細いライオン何匹ＴＶにいるの？

雪にエンジン　花火をきみが抱きしめて降ってくるまではだかでさんぽ

死はミッフィー　青を奪って鳴るそらの　第一のメニューをゆっくりひらいて

ぼたん雪　上書きした天国になんども素手でふれ　妻が僕を殺した

こんなにも恥ずかしがらずに見つめあえることはこの先一生ないわ

横縞の服を裏返したまま着ていた長い長い十二ヶ月を
発熱している青空を持つそらのしたゆゆのしらないうたばかりうたう
おへそから腸一本をすこしづつすこしづつ出すやりかたを愛してしまった
あるいは脳に星座のような刺青が　自動車事故の数より多い?
使える、泣ける、抜ける　ゆゆの託宣を受けてほとんど3時になりかけている

その爪のなかでふたたび生まれたい地はレモンへと埋もれていった
素敵なパパのＣＭ流れるこの世の理科のもしくはシャンデリア
それからの金魚ぎっしり炊きあがりみるみる性欲ふえていきます
耳触れあいポップコーンを食べている〈この〉ランボーと〈あの〉ランボーを
あしのゆび５本が割れているさきにあしくびがあり足あり人ある

真冬。苺の睡眠欲よ、いもうとの口をぽかりとあけて

はじめてふれた月面はかのじょの腋の体温だったこと。瞬いている

ゆゆの目は夕日を飲みこみまるくなる　ピーター・パンとはかなしきいくさ

どこをつまんでもこれはあなたねまちがいないこれがあなたねふしぎなのね

見せよそのブラッド・タイプを　わたしたちの墓前でも親密なダイアリー

夏の日ののどぼとけのおくはるかなるみちをいまでもあゆんでいると
ランボーはむかしいもうとの妻であり青空を統べる骨ひとつあり
3年前脚をひらいたベンチではいまも貴方と星は落ちてる
オランダの地図、耳、クリスマスに死んだ恋人、世界中の欲のない猫、
きみの体つれてきてくれてありがとう目が回るめがねを買いにいきましょう

できたての風邪さえ思う（珍しい、ばら色の人生）まみもいるし
あなたの耳はいっとうなつやすみ似と思うとき雲がミッフィーに着られにくるわ
抱きしめあいねむるかれらのおなかにはプラネタリウムのごと精子はひかる
八方美人　太陽はひらかれてひとつになる　ヴェルレーヌ　しごとだから
歯みがき粉で心臓までみがくあした来る太陽いくつも胸にしまって

夕張のゆゆは選ぶ　狭いからっぽのみずうみの釦をひとつひとつ外す

ドーナツの弱い視力にみまもられ離婚・結婚　海にいきます

めいわくな獣姦　どっちも米と桃　たべたことないなんて言うなよ

てっぺんにひとつかなしくおよいでる耀けばそれラジオのなかで

鍵はみどり鍵穴はみどりミッフィーをひらく動詞を折り紙にして

太もも・夕顔・壜ビール　午後に使ったお金がきれいだ

おいおい星の性別なんか知るかよ地獄は必ず必ず燃えるごみ

おいで……。死期を悟ったさくらんぼのように大人しくしててもどうにもならない。

「たったいま警察を解放したところだ」からしたためられてる真夏の手紙

ウサギからウサギにおなりよ　路面にて「止まれ」の「ま」の字の○の中にて

唯一のヴェルレーヌの顔にとどめの一撃・増加する甘い飛行機

天国の遠さと近さ　まなつには貴方のための星が獲れるわ

チーズの芽、生えていたからぼくたちは　ほんとに結婚すればよかった

ミスドから電話かけてたKSの食べのこしの〈Dポップ〉ね

「死にたい」とか「生きたい」とかそういうのじゃないんだ?貴方がまみを想う気持は

東京が近づいてくる渦巻きのミッフィーとヴェルレーヌの蜜月

電話からきこえてくるのは雪だるまそれから貴方のＳＯＳだけ

ゆっくりの雨すきとおる心臓はさわれないけど濡れているのね

満月をすっかり閉ざしてしまうならどうか桃色のゾウを降らせて

ランボーの心が愛するまみのことヴェルレーヌの心が愛するランボーのこと

右へ行く左へ行くといいながら『タイタニック』の氷の中身

春は縞馬のたてがみにて死す　ヴェルレーヌを呼びつつまみの魔の下半身

「ここはどこ」と何度も問うと〈何度も〉は行くあてのない窓を嵌めてる

タイルの目まみを拒んで冴えわたる夜ははずれた薄荷の匂い

手紙にまた「アメリカ」とありカラフルな貴方のゆめを撃ち抜いている

血液の貯金をかぞえFAXで裸体をおくるランボーのこと

午前。貴方を洗濯している。午後。笑いが止まらず死ぬ。夜。また笑う。

おにぎりを食べて熱風　きれいなところのあるくだものを食べ

しゃぼんだまの中に沢山いるようなかたつむりからの電話を待ってる

アブサンで頭を洗う／サイダーで頭を洗う　そちらまで、ゆゆの悲鳴はきこえていますか？

たったひとつの星は苦く（（まみの家））きみの袖口にうずくまってる
「鏡はドアをあけないだろう。知っているか、菜の花は左側なんだ。」
並べられた椅子は横をむき（（まみの家））死者の戸口で夢を与える
「食卓で、夏のへびをつかみ、カルシウムとビタミンの関係を真似てほしい。」
ねえ、ランボー。政治のメッセージはあまりに優しく、経済はあまりに愛に満ちていると

そちらまで吹雪いていないといいけれど　あなたが一瞬で老いてしまえばいいけれど
赤信号・青信号の頭してやってくる／森は生まれる前に生まれる
BABY, BABY, BABY, BABY, BABY,　くさいくさい　ゆゆは夜ごはんだよ
禁じられた雪が降ってる魂の手入れが過ぎるヴェルレーヌには
まみのいびき／天使の語らい　そちらまで、ゆゆの悲鳴はとどいていますか？

テントウムシ畑になった貴方にも耐えられはしない真夏があるの
ミッフィーを苦しめないでね「手紙魔まみ、愛の七階」のこときっと書いてね
この世にないプールを恐れずいつの日も残酷であること誓えていますか
たったいま、ここまできたよ。追伸。ほんと、ミッフィーの朝勃ちすごいね。
とめどない貴方は言うよ心のきれいな檸檬はみんな美少年だと

珈琲に溺れる浴槽しまいつづけ新芽の芽の夏・2度穿くジーンズ

日本を脱出したい？　処女膜を大事にしたい？　きみがわたしの王子様だ

またきみに「おはよう」と言わなくちゃ花も紅葉もまみのてのひら

とうとういれた刺青のなかの青空は、寿司好きなので毎日寿司を

ここは狭い、明るい、広い、みんないて、という手紙がとまらないけど

「これで、おしまい。夏の夜の10時半。北の愛人。ヒロシマ、私の恋人。」

呼びかわす空の青・赤すみわたり肉体の壁「せーの」で飛んだ

目玉はソーダのようで泡がちいさな目玉のようであふれる地球の肉のようです

そちらまで生きていないといいけれど　ユートピアまであと少しだけれど

中納言失脚

星と片手で握手すること、　射抜くような、　レモンなんか目じゃない
夕暮れにまたがっている泣き終えた夕暮れがひだりの靴を履くまで
せまくなる前にからだを使おうか　干支がおわってロシアのような
みちびいた　朝にたくさん風船を手放してから修理を受けて　表か?　裏か?
花のあり背表紙もある学校は幽霊もみて顔をとざした

よいっぱり…「み」のつく語からはじめればその前にひとり芯からひらく

きみは2月をイギリスの私のようにふりむいて　名前に悪夢をみせて歩いた

いうときにもとにもどしたひまわりが火のなかをわたり死のさくらんぼ

そのなつの数限りなきまたひとつ撃つべき子どものＢＬ遅れて

望遠鏡にあなたはめぐってキキララが痴呆のように同姓同名

血も涙もありません

鏡に火を放つ花火で道に迷うすみずみに引っ越してくるこわい顔

微笑む次に微笑む電車すでに熱く、せめてリンスは食べる?

アメリカのうわのそらにも余剰には川にミルクの糸が歪んで

音も色もない犬ばかり夕焼けをしがみついてる浮き輪を引いて

水いろの頬にシールを貼りつけるような折れ曲がり銀の１００円

川に桃、川に情のあつい桃、そうそう、わたしがはじめに刺してる

虎のあられとみぞれに溺れて深呼吸するおさない椅子は

奥に石のあるソフトクリームを舐めるとわたしたちも急にねむくなる

水玉の散らばる顔を避けてから屋上から転げるような歯磨き

ながれてく兄弟の紐みどりからふたたび音楽をあたたかくする

水に火がぶどうのように実ってもテレビの中ではお金も買える

したいって何、現代のあさがお順に咲いていきヘリコプターはいつでも笑顔

金銀の血液の車身をそらす東しだいに翻訳する死

青空がトイレのなかまでついてくる鼻を磨いてゆくてを遮り

The Anatomy of, of Denny's in Denny's

みずうみに出口入口、心臓はみえない目だからありがとう未来
強靭なブルーに赤い心臓をしずめて染めたような夏でしたっけ
ではなく雪は燃えるもの・ハッピー・バースデイ・あなたも傘も似たようなもの
蛸といえば吸盤、冬といえば雪、夜の散歩といえば私たち。
そのなかに心臓をつくって住みなさい春の心臓抜かれるところ

蛸といえば吸盤、冬といえば雪、永遠の愛といえば私たち

オレンジを切った両手の100年のにおいを摘みにくるあと100年

先生と大きな墓に入りたい夜明けまで蠅に遂われながら

相思相愛おめでとう　ミュージック・オブ・ポップコーンおよびバラバラ死体のケーキが乳房

夢の中では、光ることと喋ることはおなじこと。お会いしましょう

相思相愛おめでとう　ミュージック・オブ・ポップコーンおよびバラバラ死体のケーキが乳房

屋上に滝なす手摺りしがみつきそれなのにまばたきの音がする

お風呂にうかぶ顔顔だけ鞄のように抱えてどの雪も脚をのばしてその子にふれる

星と星つなぐ閃き買って出てあたり一面の星をかなしむ

みずうみを鞄にしまうあの世の疲れたみずうみ繰りかえすまばたき

女の子とは二十歳未満であるわけの雪を降らせるこのＯＬは？

太陽におしっこひっかける太陽のなかに座って踵に数字

スカートの端までわたしは愛されて　いいかい　いまから調子にのるよ

かたつむり一般車輌を塗っただけしかもフライパン裏返しただけ

みずとゆきどけみずであうきさらぎの、きさらぎうさぎとぶ交差点

昇降機にたっぷりの幽霊、ひだり手に花という海のわたしの重力
町中の人がいなくなる夢を見ておしゃれでいなくちゃいけないと思う
桃色の脳とりだすきみデニーズでしろい机でからだも洗ってあげるよ
ミイラになってもめがねをかけているつもり汗かきの王様でいるつもり
では載せなさいそんなにきれいな内臓は割れてもかなしくならないお皿に

妹のあとをレジまでついてゆき小さなほのおのやりとりをみる

きりんきりんまーぼーどーふぃりきりん嫌だ心臓を排泄する花

ウエディングケーキのうえでつつがなく蝿が挙式をすませて帰る

道・鞘にたましいの氷をしまう腕は生きてわたしのりぼんの東北

若き海賊の心臓？　真緑にゆれるリキッドソープボトルは

あたらしい死体におにぎり売りつけてわたしの死体をさがしにいきます

＊2首目　早坂類
＊4首目　穂村弘
＊6首目　穂村弘
＊8首目　我妻俊樹
＊10首目　穂村弘
＊12首目　我妻俊樹
＊14首目　盛田志保子
＊16首目　荻原裕幸

＊18首目　宇都宮敦
＊20首目　笹井宏之
＊22首目　望月裕二郎
＊24首目　飯田有子
＊26首目　雪舟えま
＊28首目　笹井宏之
＊30首目　穂村弘

ジ・アナトミー・オブ・オブ・デニーズ

ファミマとマックのどちらに忠誠を誓うのか、これは重要な問題だ。デニーズは消滅してしまった。その子はデニーズでアルバイトをしていた。わたしたちはその子の仕事が終わるまでのあいだ、いちばん駅に近いマクドナルドでてりやきマックのセットを食べて待っていた。まだマクドナルドは24時間営業になっていなくて、23時になると水の味しかしなくなったコーラをすすってねばっているところを追いだされてしまった。とぼとぼと坂を5分くらい下っていくと黄色いデニーズの看板があらわれた。デニーズの配色はマックに近い。その看板の根元にすわりこんでいると、入っていく人も出てくる人もすごくあかるい目をしている。金色の髪と金色の髪のカップルがけたたましく喧嘩しながらでてくるのも、あかるい。食欲その他がみたされてまた苛々しているようなつやつやした目だ。頬だ。その子はいま給仕をしている、いそがしくエプロンの裾をはためかせながら運ぶさいちゅうに珈琲をこぼしながら。ためいきが白かったのは冬だったからだ。日付が変わってからその子がわたしたちのもとにやって来たとき、ごめんね、さむかった?、ていうかここで待ってなくてもよかったのに!、言ったとき、世界中のデニーズは消滅してしまった。

だからいっしょに歩いている子が急に燃えあがるようなことがあっても、デニーズに逃げこむことはできなくなってしまった。

デニーズはなくなってしまったわけじゃないのよ。

その子は言った。

デニーズが消えたとき、どんな感じだった？

ものすごく光ってた。きらきらしてた。

そのきらきらはまだあるの。あんたの脳味噌の地図のなかで、デニーズのあった場所どこもかしこも、に、いまはその光りがあるのよ。しわしわの桃色の地図のなかで、やっぱり光ってるわよ、めじるしの星みたいに。ちゃんと、わたしはまだそこにいるわ。

デニーズ座だね。

目にはみえないデニーズ座の領域内でわたしたちはきょうも生きてるけれど、燃えあがってしまった子の手をひいて駆けこもうとしても、もうデニーズはどこにも見あたらない。燃えはじめるとき、頬からの子、耳からの子、眉毛からの子、はたまた乳首からの子、とりどりで、発火してしまうと口唇が破裂する。握りしめたその子の手首からわたしたちまで燃えあがりそうになる。まず脚がだめになる。つぎに燃えあがるのは心臓。

チーズバーガー、チーズバーガー！

両手を振りまわしながら主張するのでまたわたしたちはあわてて夜でも消えない灯りの店、100mさきからでも十分見つかるたっぷりの光量の、手をとって走り、くらくらするくらい冷房がきいている店内をずんずん進み、レジの店員に、だから、チーズバーガー、チーズバーガーをください、と注文した。入口を振りかえるとわたしたちの猛暑を走った足跡が一歩一歩積みかさなりながら汗をたらしてあるいてきてわたしたちにやれやれ追いつき、積みかさなりのその上に載ると、たいへんな厚底靴を履いたような高さになって店員を超えてしまった。あらためて微笑んだ、わたしたちはピクルスが嫌いなんだ、この夏。店員さん。この店員には見覚えがある、1丁目のファミマにいた。かっこいい男子はコンビニでバイト禁止だよなあと、ひっかかっていてとても覚えている。

チーズバーガー。

ああ、という顔をしたあとに、大きめの口唇で店員は笑った。

恋人っていったい、何人までつくっていいのか、よくわからないよね。

ねえ、ここは3丁目なのに、どうして。

チーズバーガー。チーズバーガーなんて、ほんと、この世にあるのかな。

チーズバーガーなんて大嫌い。でもここはコンビニでしょう。

いったいきみは1丁目のファミマと3丁目のファミマ、どっちを信じてるの。

だからはやくして！

そっか、お客様。言った。きみ、浮気してたんだ。ひどいなあ。ぼく以外の人と。

だからだ。もううしろにはたくさん人が並びはじめている。

でもチーズバーガー、ここにはない。売ってあげられないなあ。

Family Mart。わたしたちの頭は情けなく、3つの風船みたいに浮かんでいた。ここはおそろしいみずうみ。それ以上進んではいけません。

もうひとりいるんだね。

燃えてるんだから。きこえやしないわ。

だからだ。わたしたち燃えてしまったんだ。

ここから先のことはわたしたちにまかせてくださいとわたしたちは言った。

デニーズで2時までバイトしてそのあとファミマにくたびれた身体をひきずってそのままバイトに行くわけだけれど、**だから**、デニーズで見かけた人がファミマのほうにもやってきて出くわすなんてことはしょっちゅう、ある。

でも、わたしたちは絶対出会ったことなんかないわよ。セットを注文しながらそいつは言った。

間違いなくデニーズがあるはずね。あなたの脳味噌をみせなさい。

そういう意味ではここは死体だらけだよ。きみが燃やしてばっかりいるからね。100年経ったらもう一度おいで。確認してみるんだ。ほうれん草より緑色だ。ポパイもびっくり。茫茫に生えてるよ。雑草もきみもファミリーマートも。

途端にポケットの携帯が鳴った。勤務中じゃないの、とそいつが睨みつけてくるから腹が立って、おまえは店長でもなんでもないだろうと思ったけれど電源を切るためにポケットから取りだした携帯をハンバーガーに飢えたみたいなそいつにひったくられた。

もしもし、もしもし！

そんな大声ださなくてもきこえてるわ。

この人とつきあうことに決めたきっかけはいったいなんなの。理由は。

いいえ。

あなたファミリーマートにきたことある？

うん。

ねえ、じゃあ、どうして、この人いなくなっちゃったの？　携帯だけ残して。わたしたち、携帯持ったまんまなのに、あなたとしゃべってるのにさ、もういないの。あの店員。どうして？　どこにいっちゃったの？　どうするの。誰がレジ打つの、商品管理は、万引きは、強盗は？　ほかの店員は？

でもそんなの決まってるじゃないって電話の向こうに笑われた。

なによなによ。炎上しているのは店舗のほうよ。あなたもはやく逃げなさい。デニーズがそうなら、ファミマだってそうに決まってるわ。

てりやきマックは売っていないと言われたのでわたしたちは、早速、それをつくることに決めてしまった。店員をとらえてレジから引きずりだした。すべての優柔不断となかよくしなさい。**なかよくしなさい。**その子が店員のうえに馬乗りになっているけれどものすごく、やっぱりな勢いで、店員が暴れるので、はやく、はやくはやくはやくひとりじゃ無理はやく！とせかすので引きずり落とすもりだった電子レンジはあきらめてポットに手をのばした。コンセントを抜くのももどかしく店員の頭に思いきりの力で振りおろした。わああ、危ない、あたる、とその子が苦情を言ってくるけれど、いいから危ないから押さえててよと思いながら、3回目くらいになると腕がだるい。ずいぶんぐったりしている、しろくてすこし薄汚れた床だなと思う、コンビニは。

なかなか血って出ないね。どばっとは。

だから電子レンジにしようと思ったのに、電子レンジだったら西瓜っぽくつぶれるかと思ったのに。

なかよくしなさい。

はあとためいきをつきながら、その店員のうさぎの瞼のように薄くてぴらぴらの瞼をどけて目玉をふたつとりだした。ピザのチーズみたいに視神経がびよーんとのびてくる。喘みきったりひきちぎったりする気力もなかったので引出しをあさってハサミを取りだし(切手を置いてあるところの横にあった)、ぷちぷち切っていると、その子がバックヤードから戻ってくる。賞味期限切れのパンを両手いっぱい、持てるだけ抱えて。はあとためいきをついて死体を埋めつくすようにばらまいた。

なに？　お葬式？

訊いてもそのまま何も言わずに死体の隣りにばったりと倒れてしまった。しばらくじっと見つめているると突然起きあがり、ちがう、と言った。

むしろお誕生会。

なかよくしましょう。パンの、ビニールの包装をやぶってメンチカツバーガー（バーガー！　バーガー！　バーガー！）からメンチカツをとりだしてごみ箱に棄ててしまった。あぐらをかいたままぼんやりその様子をみていると、ほら、とバーガー（上）とバーガー（下）を右手、左手にもってぽかりと、顔の真ん前にひらいたかたちで突きだされた。

はやくはやくてりやきマック。つくらないと。

とりだした目玉をふたつ、その中央に載せると怒られる。なんで！よりによって！そんな！安定性の！よくない具を！選ぶかな。もういちどハサミを手にした。眼窩に、鼻腔に、口に咽喉につきさした。深雪をゆっくり踏むときみたいな音だなと思った。それから排水溝がつまったときのぼこぼこ文句をいうような音もすると思った。

出せるじゃない、血。

うれしそうだった。バケツいっぱい氷水のいちごシロップをぶちまけたみたいだった。

ね、なんだろうね、このかたつむりみたいなの。あっうごいた。いまうごいた絶対。動いたから、それ、いれよう。

ね、血、赤すぎてよくみえない、なんとかして。しかたない、殺して以来床に転がっていたポットをひきよせてなかに湯を注いで洗うとはねて、熱い熱いとまた苦情。

　しかし脳味噌ってほんとにピンクなんだ。はやくはやく。てりやきバーガー10人前。いそいで手を洗い、消毒してレジにむかう。いらっしゃいませ。その子がまたバックヤードに走っていって急いで掃除機をとってきてすっかりレジ前の死体を吸いこんでしまうまで。はやくはやく。いらっしゃいませ。わたしは感じる。受けとったお札、それからのちに手わたすおつりがとてつもなく星のようにあたたかいのを。感じる。ぐったり疲れてバックヤードにもどっていったその子がだらしのない格好で掃除機にひっからまってぐっすりと眠っているすがたを。わたしたちをもまた、きっと食べてしまう、死体のような人たちにわたしたちはありったけのハンバーガーを売りつける。**だから**なかよくしましょう。

もう一度だけ聞くがオレンジ・緑・赤、それでいいのかセブンイレブン
斉藤斎藤

飛んでゆきたいところがあるにちがいないひとが手わたすつめたきおつり
雪舟えま

コンビニを買いにゆきたい　夜深く歯磨きを知らない鳥たちと
笹井宏之

歌　集　そのなかに心臓をつくって住みなさい
Meteora Library Vol.01
2025年3月22日　第1刷

著　者　瀬戸夏子

発行人　真野少

発　行　現代短歌社

〒604-8212 京都市中央区六角町357-4

三本木書院内

電　話　075-256-8872

装　幀　かじたにデザイン

印　刷　亜細亜印刷

定　価　900円＋税

ISBN 978-4-86534-494-3 C-0092 ¥900E